ANIMALES EN TU JARDÍN

LOS PETIRROJOS

por Genevieve Nilsen

TABLA DE CONTENIDO

PALABRAS A SABER

alimenta

aterriza

come

salta

se baña

vuela

LOS PETIRROJOS

Un petirrojo salta.

Un petirrojo come.

ala

Un petirrojo vuela.

Un petirrojo aterriza.

cría

Un petirrojo alimenta.

Un petirrojo se baña.

¡Un petirrojo canta!

¡REPASEMOS!

Los petirrojos tienen plumas anaranjadas en su pecho. ¿Puedes encontrar al petirrojo en este grupo de pájaros?

ÍNDICE